喜欢自己就够了

张小娴 著

湖南文艺出版社
博集天卷
·长沙·

喜欢自己就够了

目 录

序言
漫漫长途,是为了抵达自己 1

Chapter 1
生而为人,我不抱歉

这才是我 /002

自爱 /005

寂寞 /006

金钱 /007

赚钱 /008

价位 /009

追求朴素 /012

品位 /013

安静 /015

完整 /016

逃跑 /017

有仇必报 /018

年龄 /019

三十五岁 /020

中年以后 /021

认为老才是罪恶 /023

打扮 /025

好梦 /026

青春 /027

忙 /028

心思 /030

倚靠 /032

铁石心肠 /033

好好做人 /034

定义 /038

对的你 /039

Chapter 2
烦恼无益，徒增恐惧

十种快乐 /042

理由 /045

不屈就 /046

幸福 /047

当下 /049

永恒 /052

遗憾 /053

后悔 /054

动机 /055

第二人生 /056

有时 /057

记忆 /058

改变 /059

礼物 /060

际遇 /061

长大 /062

任性 /064

可爱女人 /065

美好祝愿 /068

清醒 /069

烦恼 /070

发呆 /071

平均 /072

不值一提 /073

承诺 /074

世界末日 /075

好好说话 /076

差异 /077

Chapter 3
我会活得比昨天好

撒娇 /080

讨自己欢心 /081

逃跑 /082

活得比昨天好 /083

我来世界一趟 /086

不要应酬这世界 /087

你可以 /088

最爱 /089

姿态 /090

灵魂 /091

心事 /092

无意义 /093

不可挽回的五种东西 /094

独居 /095

尊严 /096

安全感 /097

节日 /100

矛盾 /101

选择 /102

挽回 /103

归途 /104

缺席 /105

美 /106

病 /107

未死的心 /108

化学浪漫 /109

只爱一个人 /110

我宁愿 /111

Chapter 4
寻常生活，也是一种祝福

食欲 /114

吃一口快乐 /115

吃一种心情 /116

微波炉说明书 /117

好好活过 /118

二合一 /119

跳板 /120

也是一种祝福 /122

时间管理 /123

不停地生活 /126

无常 /127

平均分布 /128

绝望 /129

限制 /130

长大 /131

离别 /133

离别练习 /134

害怕 /135

遗憾 /136

味道 /137

床 /138

孤独 /139

失之美感 /140

缺憾 /141

离合人生 /144

回忆 /145

死亡 /146

家 /147

故乡 /148

朋友 /149

岁月 /150

Chapter 5
我会长大的，我的爱也是

什么是爱？/154

我是天上的鸟 /157

我会长大的，我的爱也是 /158

暗恋 /159

忘记 /162

痛苦和快乐 /163

化学式 /164

相信 /165

同频 /166

珍惜 /168

想见你 /169

一厢情愿 /170

败于琐碎 /171

过去的你 /172

小事 /173

成、住、坏、空 /174

三不 /175

爱上你 /180

不肯输 /181

情何以堪 /182

不值得 /183

失恋时不要做的十件事 /184

选择 /185

互补 /186

妥协 /187

不可为 /188

适婚心态 /189

结婚 /192

荒谬 /193

单身 /194

理由 /195

门槛 /198

生育成本 /199

序言

漫漫长途，是为了抵达自己

几年前，在一个访问里，男主持人问我："假如你是男生，你喜欢什么类型的女生？"我笑着回答："当然是我这个类型的。"

这个回答里，说笑的成分多一点，也是那一刻很直接的想法。如果连自己都不选择自己，谁又会选择我？"假如你是男生——"就是说我变成男生，而这个男生也是我，那么，我喜欢自己是理所当然的事，谁会比我更认识和了解自己？

然而，换了另一个男人，一个我不认识的男人，他也会喜欢我吗？我也许是个还不错的女人，可我并没有好到每个男人都喜欢我。我只要喜欢自己就够了。

喜欢自己并不是自恋，而是接纳自己，接纳这个你最了解的,也是唯一一个会跟你长相厮守的人。夜里,当你孤零零地走在昏暗的长街上时,你就是那个跟自己形影相吊的人。他人只是路过。

我们并不是从一开始就喜欢自己,每个人也要走过一段自我怀疑,甚至自我厌弃的漫漫长路。从自卑到自信,从渴望成为别人到甘心做自己,再也不跟别人比较,这是多么颠簸的一段岁月。我们总是完整了又破碎,破碎了又完整,醉后又清醒,哭了又擦干眼泪爬起来,跌倒后抹掉鲜血咬着牙继续前行,然后抵达心中向往的那片星辰。

爱自己好像一点都不难,却是万水千山之后的领悟。

漫漫长途,一个女孩子最终会成为怎样的自己,谁又知道呢?我们会成为自己梦想或是从来没梦想过的那个人吗?会成为一个最好版本的自己吗?抑或至死都在路上,从未抵达?

我们梦想爱情,希望有人爱自己,到头来却也许遍体鳞伤。一个人不幸福不是因为别人不爱你,而是因为你不懂爱自己。最好的爱情是什么?是有一个人,他的爱让你认识自己,看到自己的光明与幽暗,懂得自己的好和不好。他给你希望也让你幻灭，他让你流泪却也抚慰你的伤痛，他终究使你成为更好的你。但是，有一天，他说不定会离开。

最离不开的情人是谁？是你自己。谁最熟识你的身体，爱这个身体，也怜惜这个身体？是你自己。你就是自己永远的情人，最忠诚、最深情，也最伤感。

为什么要伤感？即便是自己一个人，不是也有聚散离合吗？不会走散的，只有自己；有生之年没有聚散的，也只有自己。繁花落尽，回望来时路，一个人唯一的灵魂伴侣终究是自己。

这本书从我所有的散文集里选出许多小段落和一些句子，也包含我过去和最近一些小小的想法、小小的领悟，虽然短小却也是我的小星球，未必直抵苍穹，却是我心中的星空，时刻提醒我如何成为更好也更靓丽的那个我。我希望读到这本书的读者有一天也能够成就最好和最闪亮的自己。

我常常在想，什么是最好的生活？三分孤独，七分陪伴；三分自由，七分牵绊；三分痴情，七分清醒，如此便好。如此便是个快活自在的人。

长大和变老的好处，是你渐渐了解自己，能够接受这个不完美的自己，爱自己、珍惜自己、原谅自己、愉悦自己、优化自己。

假使岁月至少给我一样好东西来补偿它留在我身上的痕迹，我希望是品位，对人，对事，对生活，对知识，对财富，对美丑、是非和爱恨，对一切的品位。品位成就气质，它比美貌长久，也唯有气质不老。

若有爱，若有人相伴，那很好；要是没有，一个人也可以过得很好。一个人来，一个人走，一个人的起点与终点都是自己，所有相遇终归是回归自己，他人只是过程。今后余生，所有热爱都留给自己吧。若你真的懂得怎样去爱自己，你便不会觉得孤单。

回首路漫漫，如此长途，是为了抵达自己。

张小娴

二〇二五年五月　香港

假若生而为鸟兽虫鱼

根本就不懂抱歉

所以

好好做人吧

别抱歉什么了

Chapter 1

生而为人，我不抱歉

这才是我

1

小堕落

小疯癫

小虚荣

小颓废

小伤感

然后使劲努力

使劲上进

使劲追求自己想要的生活

我似乎更喜欢这样的自己

或者说

这才是我

2

邋遢的那个是我
精致的那个也是我

勤奋的那个是我
懒散的那个也是我

精明的那个是我
糊涂的那个也是我

坚强的那个是我
脆弱的那个也是我

爱笑的那个是我

爱哭的那个也是我

自爱

自爱就高尚

不自爱就堕落

寂寞

寂寞

原来也是一种尊严

自爱的其中一个功课

就是要学习在寂寞里自处

金钱

金钱太可爱了

它偶尔可以用来治疗沮丧和悲伤

没钱也可以幸福

有钱却不一定幸福

然而

有足够让人任性的钱

那是我所向往的其中一种幸福

赚钱

可以任性

可以慷慨

可以舍弃

可以说不

对我来说

这也是赚钱的意义

价位

感情没有价位

钱可以做的

只是把事情变得公道些

可以任性
可以慷慨
可以舍弃
可以说不
对我来说

这也是
赚钱的
意义。

追求朴素

追求朴素是一种觉醒

那是继漫漫繁华路与虚荣心之后的自我发现

品位

假使岁月至少给我一样好东西

来补偿它留在我身上的痕迹

我希望是品位

对人

对事

对生活

对知识

对财富

对美丑、是非和爱恨

对一切的品位

这是我丈量世界的一把尺

是没有人可以拿走的

安静

不要低估安静的力量

所有烦躁、纠结、不安和气恼

虽然不会在你安静或者尝试静坐的时候消失

但是

安静之后

你能够好好处理这些情绪

完整

人生就是一次又一次的破碎、重组和愈合

你所有的伤口都是你
你的存在本身就是完整的

爱自己
是爱这完整
也爱这不完整
它们都是你

逃跑

我只有一个方法憋住眼泪
就是在想哭的时候赶快逃跑
找个地方躲起来关上门哭个够

然后抹干泪水
挺直腰背
若无其事地走出来
不让别人知道我难过

有仇必报

我多么渴望自己是有仇必报的人

这样的话

没有人敢得罪我

可是

有仇必报

也得有几个条件

一、你有财有势

二、你不介意撕破脸

三、你享受报仇

四、你没有什么可以失去

五、你是疯子

年龄

一个女人有多少个二十五岁?

  我说

 任何岁数都只有一个

三十五岁

你会打扮

你知道自己的优点
你也接受自己的缺点

你更有自信了
这时的你最好看

你成熟了
聪明了

却也不至于太世故和老练

中年以后

中年以后

不勉强自己

不委屈

不应酬

不虚伪

只跟喜欢的人见面

只跟聊得来的朋友吃饭

不轻易生气

不容易哭

不跟人争

眼里有光

善待他人

珍惜身边人

认为老才是罪恶

少女的暗恋
可以是很漫长的

那时
我已经明白
作为一个女人
你最好很出色
或者很漂亮

那时
我觉得老真是罪恶

现在

我觉得认为老是罪恶

才真是罪恶

打扮

男人以为女人悉心打扮一番来见他
　　一定是对他有意思

　　这种想法太一厢情愿了
　　　即使没有男人
　　我们也是会打扮的

好梦

谁都有做梦的权利

既然是好梦

为什么要醒?

青春

青春是胆子大
　　也胆子小

你会大胆地谈一场没有结果的恋爱
爱一个所有人都认为你不该爱的人

你却又没有胆量向你喜欢的人表白
　　只敢躲在远处卑微地暗恋他

忙

青春可忙了

忙着做梦

忙着犯错

忙着哀愁

忙着爱上错的人

可是

谁没做过几件错事啊？

过去不留

也留不住

人生需要一份潇洒

原谅自己

也原谅别人

面带微笑前行

心思

把灵巧的心思

用在人生上

也用在外表上

培养气质

学习品位

学会爱自己

换一个发型

修修眉毛

照顾皮肤

留心牙齿

注意身材

你说不定会脱胎换骨

倚靠

有时我们心里想倚靠一个人
有时却又知道想倚靠一个人的这颗心多么柔软、脆弱
和荒凉
多么危险

那倒不如倚靠自己
自己至少不会背叛自己啊

铁石心肠

一段感情走到灯火阑珊的时候
是应该理智地把它画上句号了

她已经不像从前那么爱他
一次又一次的感动
到头来只是辜负自己的青春

女人到了某一个年纪
应该铁石心肠些

好好做人

生而为人

我不抱歉

假若生而为鸟兽虫鱼

根本就不懂抱歉

所以

好好做人吧

别抱歉什么了

人身难得今已得

虽然苦乐参半

唯有拥有这具肉身

才可以修行

可以追求智慧、知识和梦想

可以爱和被爱

可以欢笑和哭泣

可以和心爱的人一起仰望苍穹

生而为人

我不抱歉

定义

强大吧

那你就不需要被催婚

或者让人觉得你一个人很可怜

幸福吧

那你就不是必须恋爱

对的你

你这一生
遇到的磨难都是磨炼
你长大就好
你变强大就好

幸福是遇到对的人
幸福也是成为对的人
对的你
就是最优秀的你

大大小小的烦恼总是难免的

学习不被它困扰

不让它影响心情

才是最重要的

Chapter 2

烦恼无益，徒增恐惧

十种快乐

相爱

要男人爱女人多出一点点,才算相爱

婚姻美满

在对方想跟你分手之前

你抢先向他提出分手

那么,在你的回忆里

你从来没有被人抛弃过

曾经背叛你、离弃你的男人

回来哀求你重拾旧欢

你冷冷地拒绝之

嫌你花钱太厉害的男人
离开你以后
娶了一个比你花钱花得更疯狂的女人

富有
一项调查证明
有钱的男女,的确比没有钱的男女快乐

不劳而获

提早退休
最好拿着一笔钱
四十岁退休,环游世界

酒逢知己

搭乘飞机,安全着陆

理由

这一刻
你想到十个不快乐的理由
却只想到一个快乐的理由

那就紧紧拥抱那个快乐的理由
把不快乐的理由通通甩开吧
别为难自己便是

不屈就

无所谓世俗的时间表
只有你自己的步伐

女人最重要的是可以独立
可以养活自己
可以自己生活而不需要为了爱情和为了另一人的陪伴
而卑微
人只有无须屈就才会快乐

幸福

1

慢慢地

慢慢地

你发现

幸福可能很简单

就是手里有点闲钱

身边有可以爱的人

有喜欢的音乐、电影、书和艺术

有向往的东西

有健康的身体

有可以追逐的梦

2

容易满足,是另一种幸福

还会流泪,是幸福

还有追寻,是幸福

拥有希望和梦想,是幸福

无求,是幸福

自由,是幸福

儿时,幸福是一件实物

长大之后,幸福是一种状态

然后有一天,我们才发现

幸福既不是实物,也不是状态

幸福是一种领悟

当下

所谓完整，所谓归宿
甚至所谓成败
都跟别人无关
只能够由你来定义
自己过得惬意就好
少一些遗憾也就已经很好

停留在对过去的懊悔与对未来的恐惧之中，是无谓的
过好现在
就是修正从前因为愚蠢而犯的所有的过错
当下永远是最好的
若有不好，我也要把它过好

不要

低估

安静的力量

永恒

若你了解永恒的缥缈

你也就了解时间的无常

我们觉得过去的事情很美好

因为我们已经成为一个远远的回顾者

这种距离会把回忆美化

时间变得吊诡

恍如昨日

这也是一种永恒

遗憾

遗憾是回忆里的日子比现实美好
遗憾是你无法像从前那么爱一个人

遗憾是你觉得自己仍然很年轻
可惜你的身份证不是这样显示的

遗憾是你发现人生还是简单一点好
不过
你通常会在情况变得很复杂的时候才顿悟这个道理

后悔

后悔、悔恨、愧疚

通通不是问题

但是后悔的时间必须短

无止境地后悔和悔恨

那的确是弱者所为

为一件事情后悔十年

不如用一个月时间后悔

然后用剩下的九年零十一个月的时间改变

动机

不是每种行为背后都有动机

　　　　许多时候
我们是等到事后才为自己所做的事
　　下一个注脚、给一个解释
觉得当时也许是出于这个原因而做

第二人生

每个人不都想过要逃离现在的人生吗?
所谓第二人生
永远有着一种未知的吸引力

在第二人生里
也许我会过得比现在好
比现在幸福和自由
可以做自己喜欢的事
那里会有一个更爱我的人……

可惜
许多人终究是一边幻想着第二人生
一边在眼下的人生中渐渐老去

有时

万物有时,离别有时,相爱有时

  花开花落,有自己的时钟
鸟兽虫鱼,也有感应时间的能力

  怀抱有时,惜别有时
  如果永远不肯忘记过去
    如果一直恋恋不舍
  那是永远也看不见晴空的

记忆

日子久了
逝去的人变得愈来愈完美
仿佛是没有人可以取代的

所有快乐、痛苦、承诺、背叛和眼泪
都变成了今生难以重现的记忆
时刻呼唤着那些湮远的往事

改变

人不是因为遇到另一个人而改变自己的
而是你内在很想改变
你才会注意到那个可以改变你的人
只有在那一刻
你的耳朵才能够听到远方的呼唤

无法从焚心烈火般的欲望中解脱出来
便无法得到内心的喜悦和平静

礼物

谁走进你的生命

谁离开你

谁曾爱你

谁恨你

谁牵挂着你

谁对你好

这一切一切

都是生命的礼物

际遇

我若变得有多好
从来不是只来自我一个人

也来自我爱过、恨过的人
来自我所有的际遇

长大

长大多好啊!

独立多好啊!

依然期待爱情

依然享受爱情

依然需要陪伴

依旧相信有个人陪着终老是幸福的

但是

要委屈自己就不必了

我那么努力

是为了可以爱得有尊严

而我终于懂得自爱的好

就不会再让任何人伤害自己

任性

无论你喜欢做什么

无论你喜欢谁

只要没伤害到别人都可以

恶心到别人无所谓

别恶心到自己就好

可爱女人

每天进步多一些吧
学会珍惜
学会包容
学会谅解和迁就

不要总是做自己
也要做一个可爱而精彩的女人

你愈可爱和精彩
你也就愈鲜活

做些自己喜欢而不需要

有任何意义的事

美好祝愿

请你一定成为一个靓丽的女人

请你一定成为一个可爱的女人

请你一定成为一个有趣的女人

请你一定成为一个聪慧的女人

请你一定成为一个能够独立

也懂得依赖的女人

请你一定成为一个懂得付出和包容的女人

清醒

很多人喜欢"难得糊涂"这四个字
　　一刻的糊涂
不过是自我放纵，并不难得
　　糊涂之后
怎样收拾残局，那才是难事
　　那么，不如清醒一点

烦恼

大大小小的烦恼总是难免的

学习不被它困扰

不让它影响心情

才是最重要的

烦恼无益

徒增恐惧

发呆

偶尔发发呆并没有什么不好

　　终日用脑实在太累了

平均

某些人的愚蠢和某些人的智慧
同样超出你的想象
所以说
这个世界到头来还是很平均的

不值一提

有的人
不值一提
骂他是浪费气力
记恨是贬低自己
那就彻底忘记吧

承诺

一个承诺在最需要的时候没有兑现
那就是出卖
以后再兑现
已经没什么意思了

世界末日

没钱、没工作、没男朋友
　　　　虽然很惨
　　还不至于是世界末日
　没有明天,才是世界末日

好好说话

跟别人好好说话从来不难
跟最亲密的人好好说话有时却没那么容易
用吼的、用骂的、赌气说的、哭着说的
到最后索性不说话

差异

女人很容易在生活里找到快乐
男人却很容易在生活里找到压力
假如你问男人为什么有压力
他也无法回答你
他不敢承认他很想出人头地,又害怕失败
他不敢承认他不是女人所以为的那么出色
他不敢承认女人也是一种压力

也许,我说错了,这也很难怪我
男人在热恋时从来不会说压力很大
当大家的感情淡了下来,他便开始说压力很大

爱过的人

恨过的人

伤痛的离别

流过的热泪

让风把这些全都吹散吧

Chapter 3

我会活得比昨天好

撒娇

对自己撒娇

从来不会肉麻

反倒是一种境界

你可以说

你选择孤单、选择放逐

都是在跟自己撒娇

当你懂得爱自己时

你也就永远不会失恋

讨自己欢心

我们依旧爱爱情
但是也懂得爱自己了

要是无法讨好全世界
那就首先讨好自己吧

别等憔悴了才知道要对自己好
讨自己欢心
永远不会太早和太迟

逃跑

我们也许不是那么向往悠闲的生活

只是偶尔想逃跑

想相信自己是可以很潇洒的

活得比昨天好

爱过的人

恨过的人

伤痛的离别

流过的热泪

让风把这些全都吹散吧

我会活得比昨天好

活得聪明些

也漂亮些

不要应酬这个世界

自己活得
开心就好

我来世界一趟

我来这世界一趟

不是为了被人欺负
不是为了悲伤难过
更不是为了讨人欢喜

不要应酬这世界

从来就没有人要求你要有多棒
而是你不接受自己不够好
你为什么不可以脆弱呢?
又为什么不可以撒娇?
是你太爱逞强

要是你真的有那么出色
有那么聪明
你也该有点悟性
终究会明白一个道理——
不要应酬这个世界
自己活得开心就好

你可以

你可以任性

你可以浪漫

你可以宁可在爱情中老去也不要苟且过日子

你可以依然爱憎分明

你可以在婚姻里继续追寻爱情

你可以做着世人认为这个年纪不该做的事

一切一切

只要你够强大就好

经济强大

或者至少内心强大

最爱

我最爱的

只有我自己

我们追寻爱

只是寻找遗落在某个地方的自己

我们因为爱人和被爱而了解自己

那些被我们爱过的人

只是孕育了我们的人生

姿态

人生是一场秀

我们每个人都走秀

都有自己的姿态

当你不在乎别人的想法和目光时

你才能够走出自己的姿态

灵魂

我们或许都需要偶尔安静下来

聆听自己灵魂的声音

时刻准备响应生命的召唤

当你真心渴望某样东西时

日月星宿也会连成一线来帮助你完成

这样相信的话

人生会美丽一些

心事

一个人的心事总是愈来愈多
能够倾诉心事的对象却只会愈来愈少

直到有一天
人把心事全都藏在心里
那是世界上最安全的地方

禁得起友情的考验
也熬得过爱情的多变

无意义

一个人住也好

两个人住也好

脱掉衣服鞋子

洗个澡

然后坐下来

喝一杯

吃些无益的食物

读一本无用的书

追剧、上网、跟朋友聊天

做些自己喜欢而不需要有任何意义的事

突然发现

这才是生活啊

不可挽回的五种东西

不可挽回的五种东西

一、青春
二、已秃的头
三、已拿掉的器官
四、已出之言
五、已变的心

独居

单身独居的男女

最难过的一关是生病

无论他们多么享受独居的生活

一旦生病

可怜兮兮地一个人躺在床上

没人照顾

没人问候

他们就不免重新怀疑

独居是否幸福

尊严

是的
我不漂亮

但是
只要我一天不结婚
也不去强求的话
就没有男人可以欺负我
我有我的尊容
更有我的尊严

安全感

当青春和美貌渐渐离你而去时
只有智慧与觉悟和你长相依伴

那才是女人真正需要的安全感
谁也拿不走

女人想要安全感
就好像她想要一片永远属于她的土地

不必让
所有人
都喜欢
我

我只要喜欢自己就够了！！！

节日

只要不在乎节日

人生就可以过得轻松很多

节日的时候

你总想跟别人过得一样

又想跟别人过得不一样

是这样的矛盾和渴求变成你的苦恼

矛盾

人都是矛盾的动物
孤单的时候渴望恋爱
身边有伴的时候却又渴望偶尔可以享受孤独的时光

无论是单身抑或不是单身
到头来
每个人都会成为孤独症患者吧?

选择

我们无法选择岁月
却有权选择过怎样的生活

生活颠倒
不好好关注健康
也没有灵性的追求

日子有功
样貌就会变得平庸
那是多么昂贵的护肤品也挽不回的

挽回

世上有很多东西是可以挽回的

　　　譬如良知

　　　譬如体重

但是不可挽回的东西更多

　　　譬如旧梦

　　　譬如岁月

　　譬如对一个人的感觉

归途

人生不过就是以最好的姿态回去

归途上
若有陪伴
当然是幸福的

假若没有
一个人也可以幸福

缺席

我需要的是你的缺席
　而不是你的在场

缺席使思念悠长

美

行将失去的东西

都有难以言喻的美

病

一个病人用不着为他的病向别人道歉

未死的心

世界上并没有未完成的事

只有未死的心

化学浪漫

化学最浪漫的事

是所有物质都不会消失

只会转化

只爱一个人

从前的"一生只爱一人"说的是另一个人
而今的"一生只爱一人"指的却是自己
余生不长,要珍惜自己,也要好好去用自己

我宁愿

我宁愿高傲地发霉,也不要委屈地恋爱

有所爱的人

有至亲,有工作

有睡觉的地方,有吃的东西

有诉苦的对象,有健康的身体

没有任何的意外

Chapter 4

寻常生活，也是一种祝福

食欲

人只要有食欲

心里便平安了

吃一口快乐

吃东西有时并不是为了口腹之欲
　　也不是因为肚子饿了
　　而是为了吃一口快乐

就像吃棉花糖不是因为觉得它好吃
　　它真的说不上好吃
　　吃它吃的是砂糖和空气
　　　　吃的是梦幻

吃一种心情

吃蛋糕吃的是一种心情

它是甜点中的桂冠

世上有很多比它好吃的甜点

却只有它能拿来庆生

微波炉说明书

微波炉的说明书可否写成

微波炉做出来的食物虽然没有感情
但独居者不能缺少它
它和你一样寂寞
唯有与之相依为命

好好活过

每个人都是一点一点地死去

却也一点一点地重生

只要每天活得比昨天好一些

遗憾也就少一些

走到终点的那天

唯一难过的是别离而不是没有好好活过

二合一

女人不要希望找到一个
二合一、三合一或四合一的男人
他富有又博学、英俊又专一
事业有成,同时又一往情深
那是不可能的
所有好处不可能在同一个人身上出现
世上根本没有二合一的好男人和好东西

跳板

没有什么东西是不能放手的
时日渐远,当你回望,你会发现
你曾经以为不可以放手的东西
只是生命里的一块跳板

所有的哀伤、痛楚
所有不能放弃的事情
不过是生命里一个过渡
你跳过了,就可以变得更精彩

人在跳板上
最辛苦的不是跳下来那一刻
而是跳下来之前
心里的挣扎、犹豫、无助和患得患失
根本无法向别人倾诉
我们以为跳不过去了
闭上眼睛，鼓起勇气，竟然跳过了

也是一种祝福

有所爱的人

有至亲，有工作

有睡觉的地方，有吃的东西

有诉苦的对象，有健康的身体

没有任何的意外

寻常生活

也是一种祝福

时间管理

所谓时间管理

也应该分为理性与感性两方面

理性的时间管理是以最短的时间把事情做到最好

感性的时间管理更简单了

只把时间留给自己喜欢做的事和喜欢的人

甚至和喜欢的人一起浪掷时光

偶尔躺平
没关系

知道什么时候起身就好

不停地生活

人不停地生活
也是一件吃力的事
却不能停下来

有时候
我怀疑那些懒惰的人是智者
他们知道不停地生活也是病

无常

如果花不会凋谢

我们也许不会为一朵美丽的花而惊叹

无常使生命更有魅力

虽然我们或许不肯承认

事物的消逝才是我们愉悦的来源

平均分布

得和失

成和败

快乐和痛苦

得意与沮丧

是会平均分布的

你觉得自己今天拥有许多

只是你忘了

你同时也失去了一些东西

绝望

绝望并不全然是一件坏事

绝望的时刻
也许会有最深沉的洞见

命运并非指偶然降临在我们身上的厄运
而是对人类生命有限性的接纳和肯定

承认作为一个人的限制
在这种种限制里做抉择
便是自由

限 制

我们都受制于时间
年少时候
你总希望日子过得快一些
年长之后
你惊讶时间竟然过得那么快
要留也留不住

时间治疗痛苦
也加深了痛苦
它有时候太长
有时候又太仓促

长大

年少苍白的日子
不知道世界之大
不知道人的渺小
喜欢表现自己的深度
自以为是个特别人物
这都是可以原谅的吧?

谁没有年轻过?
谁没有夸大过自己一点小小的成绩?
在不被欣赏的时候
依然自我陶醉,高傲却又哀伤地爱着自己?

然而

到了一把年纪

还是经常自命不凡

那便是对自己不诚实了

这样的人

也是长不大的

离别

有些离别

是为了使我们更好和更优秀地走到生命的终点

人的一生

要经历多少次离别

又要经历几回人面桃花

然后终于习惯了身边的人来来去去

终于明白了没有永远的相聚

也终于看淡了世事与人脸的种种变迁

离别练习

人生的乍然离别

常常杀我们一个措手不及

有谁能够为离别练习呢？

倘若可以练习

便不会有那么多的眼泪和思念

害怕

被一个人长久地有条件地爱着
　　　　　　很没安全感
你不知道他什么时候不再爱你

　　　　于是
我偶尔故意令爱我的人伤心
　　　看到他伤心
我仿佛得回一点安全感

　　　　　反叛
有时只是因为害怕失去

遗憾

人生总是要我们在遗憾中领略圆满

不是吗?

我们从分离的思念中领略相聚的幸福

我们从背叛的痛苦中领略忠诚的难能可贵

我们从失恋的悲伤中领略长相厮守的深情

味道

从前熟悉的味道

有时会在生命中的某个时刻召唤我们

让我们重回到当时的怀抱

床

床是一个人在家里最窝心的角落

心情好的时候

我们也许会暂时忘记它

然而

心情沮丧的时候

我们一回到家里

就会以最快的速度奔向那张床

床是一个人的小世界

大世界在外面

枕席之间的小世界

才是每天的归乡

孤独

有些路

只能自己一直走下去

所有的陪伴都是生命的馈赠

拥有的时候好好去享受

没有的时候也好好去享受这份孤独吧

失之美感

钓不到的鱼是最大的
放走了的蝴蝶是最美丽的
走失了的小狗是最可爱的
舍弃了的东西是最有价值的

缺憾

我们所有的失望、气馁和感伤
正是因为无论我们多么努力
也不可能抵达那片圆满之地

人只要
有食欲

心里便
平安了

离合人生

不断建立感情

然后失去

然后再建立感情

我们的人生是这样的

不习惯离别

只是你年纪太小

回忆

人总是带着成长岁月里的一些东西走向未来的日子

那些回忆

是我们余生也会努力去寻觅的

死亡

至亲的死亡

也是自己的一次死亡

家

1

有些人一生都在修补童年的伤口

另一些人

一生都想要复制一个像自己家那么好的家

2

人生总有一些时刻

无所谓理智或不理智

你说不出地想家

或者想要一个家

故乡

从前

回乡是回家

今后

回家就是回乡

只是

故乡不在远方

而在身边

在心里

有亲人和爱人的地方就是家

朋友

1

真正的朋友
是在你有事时才跟你联络得比较多的
平常的日子
我们唯愿朋友和他们的家人一切安好
不需要我们的关心

2

在老朋友面前
所有自以为的改变都是徒劳的

岁月

为人子女
总有一天要面对父母的老病

无奈看着我们最亲的
曾经那样年轻的两个人
在时光中变得佝偻和虚弱

那一刻
突然明白了岁月的残忍与匆促
它一点一点地枯萎了我们所爱的人

爱的时候

我们也长大

Chapter 5

我会长大的，我的爱也是

什么是爱？

1

我无法回答你

我只能够告诉你我觉得里面有些什么

有些牵挂

有些陪伴

有些甜

有些苦

有些期待

有些失望

有些激情

有些痴心

有些盼望

有些泪水

有些依靠

有些寂寞

有些理解

有些纵容

有些怨恨

有些歉意

有些孤独

有很多快乐和很多不舍

2

爱情终究是自我追寻

自我认识和自我完成的漫漫长路

爱情这玩意儿

总是会让人既年轻也年老

仿佛在时光隧道的两头颠簸

3

爱是专注力的移栖

在茫茫人海之中

有那么一个人

使你不得不把所有的专注力放在他身上

使他有别于芸芸众生

爱是一种互动的成长

比个人成长更精彩和灿烂

我是天上的鸟

自由是内心的安静

我可以心安理得地去做想做的事

我是自由的

没有背弃你

也没有背弃我自己

我是天上的鸟

你是林中的豹

各有自己的一张版图

只是我们刚巧相爱

我会长大的，我的爱也是

在你奔跑的时候

风景在变

你追逐的东西也在改变

每一条岔路

每一个山坡与低谷

每一场突如其来的暴风雨

都是锻炼

无论挥汗或是挥泪

爱的时候

我们也长大

暗恋

我们以为自己苦苦暗恋着某人
而其实
我们暗恋着的
只是一个我们在想象中美化了千百遍的人
愈是得不到愈是肝肠寸断

到了后来
那浮不上水面的单相思
只好沉落在暗恋的湖底
化成荒芜的青苔

只跟喜欢的人见面

只跟
聊得来的
朋友吃饭

忘记

怎样可以忘记一段感情

方法永远只有

时间和新欢

要是时间和新欢也不能让你忘记一段感情

原因只有

时间不够长

新欢不够好

痛苦和快乐

一个人可以给你许多痛苦

但没有一次会是相同的

在情爱的世界里

从来没有相同的痛苦和相同的快乐

痛苦和快乐

都会随着岁月变得愈来愈轻盈

不像从前那么重要了

化学式

爱情正是由许多无聊的小事组成的

有一天
我们想念一个人和一段感情
令我们会心微笑的
也许正是一起时某个无聊的时刻

一个人的无聊就只是无聊
两个人的无聊却成了爱情的化学式

相信

我也相信爱可以排除万难

只是
万难之后
又有万难

这是我更相信的

同频

你们都吃不消某种打扮
你们都讨厌某一种颜色的车子

你们一起讨厌一个地方
发誓绝不去那儿

你们讨厌同一部电影
你们也讨厌同一个人

你们一起讨厌某种行为和作风
你们同样讨厌某种味道

遇上一些事情

你们竟会同时嗤之以鼻

能够跟你一起讨厌我所讨厌的一切

原来是那么幸福

珍惜

千回百折

每个人想要的

不过就是珍惜吧？

想见你

你有什么事？
我不过想见你

一厢情愿

两相情愿的事情

我们都能感觉得到

也看得出来

中间没有任何幻想和自欺

一厢情愿却是模糊的

有太多我们自己的想法

不是那么容易能看到真相的

败于琐碎

爱情是优雅的

生活却有太多的不雅

两个人可以冲破许多困难和障碍

义无反顾地走在一起

然而

两个人在一起之后

他们才发现许多生活的细节琐碎如许

不值一提

却又非同小可

爱情往往不是败于大是大非之下

而是流逝于微小的生活里

过去的你

爱一个人
往往让我们认识自己

你是什么人便会爱上什么人
他就是你最赤裸的品位
起码
在你爱他的那段日子里是这样
一天
你长大了
改变了
他却没有改变
你发觉他不若从前那么像你了
他只是过去的你

小事

人生有许多微小的
渴望与失望
完整和破碎
喜欢和讨厌

即便是相爱的两个人
口味也会各有不同

身边有个人
他永远记住你喜欢什么
也记住你讨厌什么、你不吃什么
那多温暖啊

成、住、坏、空

假如要你用四个字来形容爱情

会是哪四个字?

我会说是成、住、坏、空

成住坏空

就像一篇文章、一部小说、一出戏的起承转合

有了起承转合

故事才好看

三不

1

不照顾——不再照顾男人
照顾一个人,实在太累了
要关心他的起居饮食
关心他的工作、家人
还有他的情绪
你要把他照顾得妥妥帖帖
让他知道你是最好的

我不想再这么辛苦,我要别人来照顾我

2

不花心思——不再花心思去哄男人
所有节日、他的生日或重要日子
不再花心思买礼物或做些什么事情讨他欢心
送礼物是要动脑筋的
要你自己喜欢,又要他喜欢
多么困难?

心思就是时间
假如有时间,也用来奋斗

3

不仁慈——对不爱的男人，绝不心软
既然已经对他没感觉，就不再拖拖拉拉
别浪费时间，也不要让他存着希望
让他存有希望，才是最残忍的
对那种不识趣、死缠烂打的男人
绝对不需要仁慈
不妨直接跟他说
我不想浪费你的时间
也不想你浪费我的时间

你有什么事？

我不过想见你

爱上你

爱上你
是因为你正好在我的人生轨道上
也在我飞翔的那一方水土里

所谓芸芸众生
不过就是我穷尽一生遇到的
在我视野以内的人
所谓千万人之中
也许不过就是那几个人

不肯输

死死地抓住一段没有希望的爱情
　　　　只是因为不肯输

　　却不知道是不想输给自己
　　　　还是不想输给别人

情何以堪

曾经以为爱情无问对错

直到青春散尽、一败涂地

才明白那是一次沉沦

然后你跟自己说

但愿我没有爱过你

曾经那么堕落

那么卑贱

那么不自爱地爱过一个人

每次想起都觉得对不起自己

我爱过你,情何以堪?

不值得

有些男人并不值得你的一往情深

他不会成为你真正的朋友

他只是找个人听他说话

只是享受被崇拜

只是寂寞的时候想找个女孩子暧昧

或者找个女孩子告诉他怎样去追求别的女孩子

失恋时不要做的十件事

一、纠缠

二、打无声电话

三、再去看他的朋友圈

四、随便找个人来填补他的空缺

五、拿自己的幸福来报复他

六、没有期限的沉沦

七、逼自己去忘记

八、无爱的性

九、把他送的礼物还给他

十、等他回心转意

选择

你无法选择自己的原生家庭
甚至无法选择你的童年

但你可以选择长大之后走一条怎样的路
而不是停留在过去的痛苦和自卑之中
用别人的错和恶来惩罚自己

互补

爱情和婚姻

或者友谊

好像是物以类聚

却往往是互补的

妥协

跟一个你爱的人恋爱
然后嫁给一个爱你的人
这样好吗?
这样算是妥协吗?
也许不是妥协
而是聪明的人看破了
没那么聪明的人变懒了
再也不想照顾别人
只想被人照顾

这是多么透彻的领悟!
却要走过千百个苦乐参半的日子
和那段漫长崎岖的路

不可为

爱情和婚姻不过是明知不可为而为之

相信爱情或者相信婚姻的人
若不是天真
就是深情的、悲怆的
只有这样的人才会明知不可为而为之

适婚心态

女人并没有适婚年龄

只有适婚心态

没有法律说三十岁就一定要嫁人

若心境未成熟

对感情的态度也未成熟

还是不要结婚的好

没有适婚年龄

只有适婚心态

结婚

一生那么短

请不要为了结婚而结婚

不要因为不年轻了而结婚

也不要因为家人的压力和期待而结婚

荒谬

这么多年来

无数的人批评婚姻制度

可是，还是有无数的人奔向婚姻

婚姻有什么不好

我们都知道了

即便你从未结过婚

看着你整天吵架的父母

你都能够说出一百个婚姻没什么好的理由

然而，明明自己的婚姻毫不美满

这样的父母还是会催促自己的孩子结婚

人生的荒谬莫过于此吧？

单身

即使单身又怎样?

谁说一定得走你父母走过的路?

谁说一定要结婚?

以前要盲婚哑嫁、要缠足

以前有童养媳呢

为什么现在没有了?

这个世界已经变了啊

理由

为什么还不结婚呢?
理由太多了
以下的话你可以一一告诉那些好奇的人

我喜欢恋爱
只想一直恋爱到老

我相信爱情
但还不至于相信婚姻

恋爱不容易
可是,婚姻更难啊
失恋总比离婚好

结了就不想离

懒得离啊

离婚比结婚累呢

所以我不急

如果不是嫁给爱情

如果不幸福

结婚有什么好呢?

我不害怕孤独终老

只害怕一生平庸

只害怕穷病老死

一生太短

只够爱一人
就是我自己

我爱着不止一个人
也不止一个人爱着我
但是
结婚只能跟一个人结啊

还没有人娶我
这不公道啊!
你都能嫁出去
为什么我就嫁不出去?

门槛

为什么你不结婚?

我只能说
婚姻的门槛太高了

我不想对自己失望
也不想对别人失望

生育成本

生孩子的成本越来越高
只有真正喜欢的才会不计成本地去做

就像单身或结婚
喜欢单身的可以继续单身
一个人也可以过得很好
两个人一起也不见得一定要结婚
那些喜欢结婚的就去结婚吧

有的人想到一百个不生孩子的理由
有的人想到一百个生孩子的理由

那就各自去拥抱自己向往的人生吧

别说谁是完整的谁又不是完整的

也别说谁有遗憾谁没有

无论有没有孩子

人生都是有遗憾的

不必让所有人都喜欢我,

我只要喜欢自己就够了!

© 中南博集天卷文化传媒有限公司。本书版权受法律保护。未经权利人许可,任何人不得以任何方式使用本书包括正文、插图、封面、版式等任何部分内容,违者将受到法律制裁。

图书在版编目(CIP)数据

喜欢自己就够了 / 张小娴著. -- 长沙:湖南文艺出版社, 2025.7. --ISBN 978-7-5726-2441-4

Ⅰ. I267

中国国家版本馆 CIP 数据核字第 2025GX1503 号

上架建议:畅销·文学

XIHUAN ZIJI JIU GOU LE
喜欢自己就够了

著　　者:	张小娴
出 版 人:	陈新文
责任编辑:	吕苗莉
监　　制:	毛闽峰
图书策划:	颜若寒
文案编辑:	孙　鹤
营销编辑:	刘　珣
封面设计:	柠　檬
版式设计:	李　洁
插图绘制:	鹿柯珂
出　　版:	湖南文艺出版社
	(长沙市雨花区东二环一段 508 号　邮编:410014)
网　　址:	www.hnwy.net
印　　刷:	北京中科印刷有限公司
经　　销:	新华书店
开　　本:	775 mm × 1120 mm　1/32
字　　数:	121 千字
印　　张:	7
版　　次:	2025 年 7 月第 1 版
印　　次:	2025 年 7 月第 1 次印刷
书　　号:	ISBN 978-7-5726-2441-4
定　　价:	52.80 元

若有质量问题,请致电质量监督电话:010-59096394
团购电话:010-59320018